KB176707

전주의 불빛

전주의 불빛

최종규 열 번째 시집

가온미디어

제9시집 [섬. 25] 출간 이후 8년, 105편의 시를 한데
묶어 열 번째 시집을 세상에 내보낸다. 등단 후, 56년
동안 열 번째 시집이니 6년에 한 권씩의 시집을 낸 셈
이다. 이 시집의 105편이라는 시는 남들이 보기엔 하찮
은 수이지만 과작寡作인 내게는 이도 꽤 벅찬 수치이다.
까닭에 한편으론 마음이 흐뭇하기도 하다. 흐뭇하다
는 이 뜻은 내가 살아오면서 목표로 삼았던 열권의 시
집을 팔십 중반의 나이에 비로소 출판하게 되었다는 의
미가 있기 때문이다. 또 한 가지는 나이 들면서 사물에
대한 관찰력의 풍부함이나 예리함이 누구에게나 비슷
하게 반비례하는 것이 아닌가 하는 경험칙이다. 그래서
시를 쓰기가 한결 더 어렵고 많이 힘들어져서이다. 이
시집 내용은 모두 4부로 가렸다. 제1부 [노을 앞에서],
제2부는 [전주의 때깔], 제3부 [마라도 바람], 제4부는
[꽃들의 경연]으로 나뉘었다. 여기의 제2부 [전주의 때
깔]은 [온고을 시]라는 부제를 붙여 내가 사는 향토의
정취를 사랑하고 자랑스레 여기며 연작으로 써 모은 시

편이다. 잘 아시다시피 [온]은 백百 또는 온전함과 전체라는 뜻을 함유한 말이다. [전주 기상도]의 시에서 보듯천혜天惠의 완전한 고을임을 널리 알리고 싶었다. 그 밖의 시들은 읽는 분들이 그저 마음 편히 읽을 수 있도록나눴을 뿐이다.

나는 열일곱의 나이에 6, 25전쟁에서 전사한 큰 형님의 유품을 정리하다가 하인리치 하이네(Heinrich Heine 1797~1856)의 시에 흠뻑 빠져서 진지하게 평생 시를 써야겠다는 결심을 하게 되었다. 그 후 십여 년간 홀로 고독한 습작기를 견뎌내고 27세 때 당시엔 신인 추천이 매우 까다로운 월간 [現代文學]지誌에 신 석초(申 石艸)시인의 추천을 거쳐 등단하게 되었다. 추천사 첫 구절은 [일면식도 없는 최군의 시를 추천한다.]였는데 당시 나는 중동부 휴전선에서 육군 병사로 복무 중이었다. 그 시절 답답하고 힘든 군 생활에서 틈틈이 남몰래 시라도 쓰지 않고서는 아주 숨 막힐 것 같았다. 여하튼 그때 나는 시라는 내게 잘 어울리지 않는

하나의 큰 명제를 붙들고 내 삶의 질곡에서 초극해 보
려고 무척 몸부림쳤던 것이 아니었나 싶다. 그런데 그
처럼 나를 떠받혀주던 시가 제대를 하고 난 다음부터는
내 삶을 꽤 힘들고 벅차게 하는 대상이 되기도 하였다.
이처럼 현실과 이상의 사이에서 꽤 많은 번민을 하였고
때론 헤매기도 참 많이 하면서 견뎌왔다.

　문제는 현실과 이상의 괴리가 너무 큰 것이었다. 당
시의 삶은 냉혹한 현실이고 시는 이상의 언덕 저편에
있는 에덴이었다. 시 쓰는 일을 평생 삶의 집착執着대상
으로 삼았는데 이를 실천해나가기가 무척 힘들고 괴로
웠다. 그 시기엔 대체로 누구나 비슷했겠지만 당장 끼
니를 걱정해야 하는 현실이었고 시는 쌀이나 밥이 되는
게 아니었다.
　이는 지금도 마찬가지다. 가정이 있는 가장의 편에서
는 시에만 전념할 수 없는 냉엄한 환경을 비켜 가기가
어려웠다. 그래서 절망하다가 그 절망을 딛고 다시 일

어서다가 또 절망하여 주저앉는 삶을 되풀이하게 되었다. 그러다 보니 생활에도 많은 흠이 있게 되고 시를 쓰는 일도 뜻과 같이 이루지 못한 꼴이 되었다. 시와 생활을 병립並立할 수 있다면 또는 생활이 시가 되고 시가 생활이 될 수 있다면 매우 바람직하겠지만 이는 그렇게 쉽게 될 수 있는 게 아니었다. 이는 물론 나만의 문제는 아니었을 것이다. 이 땅에서 시를 쓰는 사람이면 누구나 지금도 거의 이 같은 문제를 안아야 하는 숙명이 아닐까도 싶다.

나는 왜놈들 강점기 식민교육을 받기도 했고 광복 후에는 무법천지 혼란 속에서 좌우 이념의 극단적인 물고 물리는 대결도 보며 자랐다. 1950년 전쟁의 엄청난 참상과 공포를 체험했으며 그 처참한 소용돌이 속에서 피난길을 몇 차례 떠나기도 하였다. 또 4. 19와 5. 16의 격동하는 시대를 몸으로 부딪치며 어렵게 헤쳐왔다. 그리고 유신과 민주화 과정에서 내면의 갈등을 극복하며 삶의 중심을 제대로 가리기도 매우 힘들었다. 그렇지만 한 편으론 이처럼 치솟는 격랑의 소용돌이 속에서도 오직 생활의 안정을 위해 밤낮을 가리지 않고 직장생활에 최선을 다하였다. 그러면서도 이 시의 끄나풀 하나만은 꽉 틀어쥐고 놓치지 않은 것이 지금 생각해보면 참 신기하기도 하다. 그러다 보니 어느새 시간이 많이 흘러 늙어지고 추구해온 자신의 삶은 많이 굴절되어 버렸다. 돌아다 보면 참으로 파란만장한 파도 위에서 가랑잎새처럼 출렁거리며 흘러왔다고나 할까? 팔십의 중반에 이르러 이제 자신이 걸어온 길을 되살펴 보면 이룩한 것도 없이 허송세월만 한 것 같아 자괴감이 많이 든다. 개인사의 단면을 이 서두에서 말하는 까닭은 자랑이 돼서가 아니다. 시를 붙들고 놓치지 않은 것이 내가 지금와서 생각해도 참 기괴하다는 것을 말하고자 하는 것뿐이다.

그래서 보잘 것은 없지만 내가 열 번째 시집을 낼 수 있게 된 것은 그 자체만으로도 신기하게 보람되고 천지신명天地神明께 감사할 일이라고 믿는다. 자신이 살면서 엎질러 놓은 것들을 자신의 손으로 되담아 둘 수 있다는 건 분명 복 받은 일일 수도 있기 때문이다. 더구나 우리 시단에는 시적 재능이 뛰어남에도 일찍 요절하여 안타까운 시인들에 비하면 오늘이 있는 나는 천만다행한 삶이고 축복받아 마땅한 일이라 생각된다. 그러한 의미를 포함하여 앞에서 흐뭇하다는 말에 한 번 더 그 뜻을 부언해 둔다.

이 시집에는 그간 틈틈이 발표된 시들이 많으나 어떤 시는 퇴고推稿를 많이 한 것도 포함돼 있다. 이는 발표 후 상당 기간이 지나면서 자기 시에 대한 또는 자신에 대한 성찰과 자기부정自己否定의 소이所以로 봐주면 고맙겠다. 끝으로 오늘이 있기까지 태생적으로 건강한 정신과 육체를 물려주신 나의 부모(父親: 炳字 憲과 母親: 金鎔愛)님께 무한한 존경과 감사를 올린다. 그리고 시적 재질이 부족함을 항상 아쉬워하면서도 한편으론 시 쓰는 걸 평생

후원해온 아내[李和庭]에게 사랑과 감사를 표하며, 무력한 내 그늘에서나마 바르게 성장하여 이 험난한 세상에 보람있게 살아가는 나의 아들(鎭宇)과 딸(秀姸과 熙姸)들에게도 사랑의 마음을 전해 둔다.

　끝으로 한가지 밝히는 것은 [시인의 성지聖地 안에 [현대 시인기념 문학관]을 건립하고 거기에 다섯 분 시인에게만 한정 장소를 제공하면서 나에게도 같이할 기쁨을 안겨준 정곡井谷 이양우李洋雨 시백詩伯님의 우의友誼에 마음 깊이 감사를 표해 둔다. 따라서 이 [시인기념문학관]에서 내 시의 족적足跡을 누구든 만날 수 있게 되어 내 모두는 이에 남겨두고 언제든 육신이 저 세상으로 떠날 수 있어 매우 가뿐하게 되었다.

2020년 깊어가는 가을

호림재湖林齋에서 崔宗奎

|차 례|

제2부 전주의 때깔

제3부 마라도 바람

제4부 꽃들의 경연

■ 사진 수록

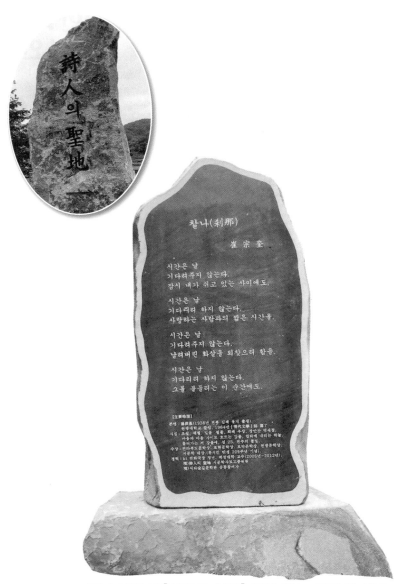

■충남 보령시 [시인의 성지] 안에 있는 저자의 시비

제 1 부

노을 앞에서

충만充滿

충만하라.
스스로 충만하라.
경건한 맘으로
감사하며 충만하라.

충만하라.
시기 증오는 털고
용서의 후련한 화해和解
맑은 샘물로 충만하라.

충만하라.
절망 좌절을 딛고
건강하게 살고 있음을
소망의 별빛으로 충만하라.

충만하라.
넘치잖게 충만하라.
텅 비어있어야만
비로소 차고 가득할지니,

충만하라.
만사에 감사하며
간절한 기도
낮은 곳에서 겸허히 충만하라.

만복晚福

나는 내가 참 좋다.
나는 내가 아직도
두 다리로 걸을 수 있어서 좋다.

비록 늙어 기울었어도
나의 힘으로 내 할 일들
스스로 할 수 있음이 참 즐겁다.

길을 걷다가 힘에 부치면
먼 산 바라보다가
떠도는 흰 구름도 무한량 볼 수 있다.

나는 내가 아직도
두 귀로 오롯이 들을 수 있고
밝은 눈 뚜렷이 볼 수 있어 참 좋다.

두 팔을 다 쓸 수 있는 데다
내 손으로 모든 걸 할 수 있어서
날마다 참으로 더없이 감사하다.

사랑의 길

사랑하라.
모두를 아끼며 사랑하라.
경멸과 시기와 증오
용서하고 사랑하라.

사랑하라.
자신을 누르고 사랑하라.
티끌 하나 남김없이
공손하게 순수純粹히 사랑하라.

사랑하라.
소중히 어루만져
꽃 피고 열매 익을 때까지
보살피고 다독이며 사랑하라.

사랑하라.
보람의 향기 돌아서
결국은
자신에게 돌아오리니,

사랑하라.
용서의 끈을 풀어
독선의 고집 질투
울분鬱憤을 풀며 화해하고 사랑하라.

찰나刹那

시간은 날
기다려주지 않는다.
잠시 내가 쉬고 있는 사이에도.

시간은 날
기다리려 하지 않는다.
사랑하는 사람과의 짧은 시간을.

시간은 날
기다려주지 않는다.
날려버린 화살을 되찾으려 함을.

시간은 날
기다리려 하지 않는다.
그를 붙들려는 이 순간에도.

초극超剋

살아간다는 것은
죽음으로 이어지는 다리
다리 아래 소리 없이 강물이 흐른다.

흐르는 물처럼
돌아올 수 없는 다리
이승에서 저승으로 이어져 있다.

둑을 쌓아 흐름을 막고
다리의 이편에서
도도한 흘러감을 가둬둘 수 있다면,

시간을 뿌리치고
다리를 비켜서
흘러감을 손아귀로 움켜쥘 수 있다면,

살아간다는 것은
갇힌 시간 속에서의 허우적거림
흘러가는 굴레 맘껏 벗어던지고 싶다.

좌우명 座右銘

겸손하자.
자세를 보다 낮추고
마음을 숙여 겸양하자.

겸양해서
처세處世에 손해 봐도
덕德으로 돌아오리니.

겸손하자.
억세게 서지 말고
성찰하며 겸양하자.

몰아치는 바람에
부러지는 참나무보다
허리 굽히는 갈대로서,

겸손하자.
부드럽고 더 낮게
스스로 즐거이 겸양하자.

참회懺悔 다짐

참회하라.
조용히 무릎 꿇고
내부 깊숙이 도사려있는
치부恥部를 갉아내며 참회하라.

참회하라.
거죽만 벗기지 말고
속내까지 모두 훑어내라.
닫힌 문 활짝 열고.

참회하라.
절절한 기도
간절한 마음으로
옹골지고 후련하게 참회하라.

참회하라.
맑은 영혼은
나락奈落의 구덩이
추락에서 벗어나리니,

참회하라.
치부를 도려내는 아픔
괴로움 감내하고
진실로 뉘우치며 참회하라.

백두산 가훈家訓

아들아!
장엄하게 펼쳐 선
저 백두산을 보아라.

정상에 우뚝 선
영봉靈峯의
기품있는 위용을 보아라.

천지를 둘러싸며
서로 손 맞잡고
돌고 도는 봉오리의 강강수월래.

아들아!
어느 때 어디서나 너는
천지연의 유구한 물줄기,

배달겨레 반만년
백두봉의 정기精氣이듯
의연毅然하거라. 늘 찬연燦然하여라.

불기둥

백발이 성성함에도
저 깊은 맘속에선
꿈틀거리며 치솟는 욕망이 있다.

머리 벗어지고
주름살 촘촘해
내세울 게 없음에도,

살아있음의 발로發露
자신을 증명하고픈
본성本性 실현의 파동이 인다.

내부 깊숙이 꿈틀거리는
진솔한 삶의 불기둥
최후의 절절한 몸부림으로,

흰 수염 총총함에도
불쑥불쑥 솟구치는 욕망
포기할 수 없는 살아있음의 절박함이다.

사랑한다는 것은

사랑한다는 것은
호수에 어리는 나무 그림자
힘껏 움켜쥐는 일이다.

하늘 땅의 뜨락
꽃나무 이파리에 맺힌
이슬 한 떨기 손에 쥐는 일이다.

싹을 틔우고
잎 새 펼치며
꽃 피워 열매 익히는 섭리.

서로 다른 불협화음不協和音
화음和音으로 아우르고픈
간절한 열망,

사랑한다는 것은
좌우左右를 오가는 두 영혼
가운데에 멈추지 못하는 시계추이다.

부부상 夫婦像

세 치 혀를 다 줘도
모자랄 것처럼,

사랑하다가
미워하다가.

네 탓 자기 탓
부정 투정 부리며,

싫어하다가
좋아하다가.

고운 정 미운 정
엉키고 설켜,

출렁 쿨렁 흐르며
합류合流하는 여울.

때늦은 후회

어머니 !
.
.
.

그리고

아버지~~~
.
.
.

월하탄月下灘에서

갈래져 흐르는
물줄기 위로
덩그런 달덩이가 어른거린다.

태고의 고요를 흔들며
산자락
휘감아 도는 시린 물소리.....

바람의 손짓
물속의 달덩일
하늘 높이 낚아 올린다.

흘러옴이 있기에
구천九天에 이르도록
흘러감이 있듯,

갈린 물 두 줄기
한 여울에 합쳐져
통일 소원 꿈꾸듯 철철 흐른다.

※월하탄月下灘 : 무주 구천동 33경景 중의 15경.

까마귀 소리

아침 일찍부터
까마귀 우짖는 소리
요란하게 들려 온다.

산 너머에서
까만 도포 자락 걸친
저승사자라도 나타난 것일까.

죽음의 공포가
소스라치게
갑자기 내습來襲한다.

이 맑은 아침
백지 한 장만큼의 틈 사이
살고 죽는 터널 홀연히 넘나든다.

노후 독백

춘삼월 활짝 피워낸
꽃잎들 죄다 시들고,

여름내 길러낸
푸른 잎들 훌훌 날렸다.

늦가을 익혀온
열매마저 털려버린,

헐벗은 저 겨울나무
앙상한 내 육신(肉身)을 닮았구나.

※죄다 : 모조리, 다.

저 고개를 넘으면

저 고개를 넘으면
아스라한 들녘 저편에
외줄기 꼬부랑 산길이 보인다.

그 너머서
하늘의 장막 짙게 가리고
거친 바다에 너울이 높게 친다.

저 고개를 넘으면
비실비실 살아온 발자취
거기 내 실체實體가 드러나,

해지는 언덕길
긴 그림자 하나
외로운 나그네로 걷는다.

저 고개를 넘어도
확 트인 지평地坪
밝은 하늘 다시 볼 수 있다면.

고빗길

오르고 내리고
비탈져 후미지다.

넓다가 좁다가
곧다가 굽었다.

솟거나 내려앉아
울퉁불퉁 터덕터덕,

아스라한 좁은 길
깜깜히 가린 길,

어이 끝에 이르리.
숨 가쁜 고빗길.

흔들리는 길

가야 할 길이 있고
가서는 안 될 길이 있다.

올라가는 길이거나
내려가는 길의 갈피.

멈춰야 하는 길
가야만 하는 길,

이 길인가 저 길일까
갈팡질팡 헷갈림 길,

바람 앞 촛불처럼 흔들리며
나는 지금 부대끼고 서 있다.

노을 앞에서 1

거친 들판 끝에 서서
지는 해를 안고 쳐다본다.

지난해까지 띄지 않던 것들
하나둘씩 겹쳐서 드러난다.

들리지 않던 소리도
꽹과리 징 치며 몰려온다.

뵈지 않고 들리지 않던 것들의
한꺼번에 쏟아져 내리는 굉음轟音,

드러나지 않던 내 몰골
노을 앞에 앙상히 돋보인다.

노을 앞에서 2

서산에 지는 해가
오늘에야 눈에 띈다.

넓게 트인 벌판에서
하늘을 우러러도,

그동안 지는 해는
눈에 잘 띄질 않았다.

팔십 중반까지
띄지 않던 지는 해,

벽오동단풍잎 사이로
더 크게 또렷이 보인다.

노을 앞에서 3

서산을 넘는
지는 해가
천지를 자욱이 물들인다.

하늘 가득
수평선 바다
저무는 들판 놀 빛에 젖는다.

스러져 가는 것은
모두다
안타까이 몸부림치나니,

빛살 펴지는 놀처럼
내리막 오솔길
나도 곱게 살다 갈 수 없으랴.

그림자 하나

보이지 않는 그림자 하나
내 가는 길 함께 따른다.

눈가에 띄지 않고
보이지 않다가도,

어느 사이 내 길
앞장서 나선다.

호수의 나무 그늘
야들야들 흔들리듯,

잡히지 않는 그림자 하나
내 길 가르며 앞서 나선다.

쉰다는 것

뭘 하고 지내느냐? 물으면
하루는 놀고
하루는 쉰다고 대답한다.

하루는 쉬고
하루는 놀기에도
짬짬이 바쁘다는 핑계를 댄다.

하루가 밀려오고
또 하루 지나가도
변함없음은 오로지 쉰다는 것.

사계四季에 맞물려
따라서 돌아가는
물레방아,

기다림은 새처럼 날아가고
남은 시간은
한낮의 그림자 되어 날마다 짧아진다.

비몽사몽非夢似夢

잠이 들은 듯
들지 않은 듯,

깨어있는 듯
잠들어 있는 듯,

까만 밤이다가
하얀 밤이다가,

깨어있다가
몽롱해졌다가,

뒤섞여 노크하는 새벽
깜깜한 아침을 맞는다.

좌수坐睡

누워서 잠 못 들을 때
앉아서라도 잘 수 있으면
불행 중 다행이거니,

누워서 잘 수 있는 사람은
세상에
복 많이 받은 사람이다.

생시인 듯 꿈인 듯
잠 못 이룰수록
등 기대고라도 잘 수 있다면.

밤중을 지나서
새벽까지 뒤척이며
잠 주변을 허우적거릴 때,

소파에 앉아서라도
잘 수 있다면
아쉬워도 남아있는 감사함 아니랴.

우화偶話의 삶

망원경 들고
하늘의 별들을 관찰하던 천문학자
길 가운데 함정에 빠지는
이솝 우화를 읽다가
깔깔대며 비아냥댄 때가 있었다.

그처럼 허튼 삶은 살지 말아야지,
다짐하며 살아온 한살이
반수半壽에 가까워서
내 걸어온 꼬락서니
그 길이었음을 뒤늦게 깨닫는다.

흰머리 날리면서
조금씩 철이 들고
제정신 약간씩 나면서
오랫동안 뵈지 않던 것들
이제는 뚜렷이 보인다.

주절대고 걸으면서
더듬거린 꼬부랑길
이런 게 삶인가?
이것이 인생인가?
노을 길 짚어가며 바둥거린다.

■충남 보령시 [개화 한국 육필공원] 안에 있는
저자의 시비

풍남문 豐南門

온고을 자존심
두 어깨 우뚝 펴 섰다.

날아오를 듯
홰뿔 세운 추녀 끝.....

사방을 아우르고
당당함을 뽐내며,

호남 제일성의 위엄
발 돋아 치켜세우고 있다.

전주의 봄

2월의 찬바람
구레뜰 휘돌아
가리내 물줄기 거스르며 치분다.

해맑은 햇살 한가득
남고산 넘어와
전동성당에 쏟아붓는다.

경기전 뜨락의
매화 가지
제철을 놓칠세라 맘껏 뽐낸다.

가난을 다독이는 햇볕
춤추는 시냇물
살랑이는 바람처럼,

고도古都의 천년千年
오는 듯 가고
가는 듯 와서 환하게 웃고 있다.

※구레뜰 : 전주시의 한 地名.
※가리내 : 전주천 한 부분의 이름.

64

전주 한옥韓屋마을

태조로太祖路 입구에
전동성당이 있고
안쪽엔 경기전慶基殿 반듯이 자리했다.

경기전 바깥 담장 안
푸른 댓잎들 부딪치는
댓바람 소리 사각사각 서걱인다.

사대사고四大史庫의 하나
전주사고 앞쪽에
예종睿宗의 태탑胎塔이 졸고 있다.

경기전 둘러싸고
수백여 채 한옥들
볼거리 먹을거리 즐길거리 즐비하다.

그 너머 오목대梧木臺가 있고
옥류동玉流洞 벽화마을
절벽 위의 한벽당寒碧堂 날스럽다.

전주천 물길이 갈라놓은
서학동 교동길 남천교南川橋
청연루晴煙樓 용머리 꼬리 틀며 오른다.

전주 향교鄕校

오백 년도 더 된
늙은 은행나무 몇 그루
고을의 기개氣槪 드러내고 서 있다.

싸도는 오목대梧木臺 산자락
굽이쳐 흐르는 한벽천寒碧川
향교의 위상을 주창主唱한다.

적막한 명륜당明倫堂
퇴색된 대성전大成殿
골똘한 사념에 깊이 잠겼다.

합죽선合竹扇처럼
이어온 육 백여 년
바림질하며,

상처 난 늙은 은행나무 몇 그루
시대의 태풍에 쏠리는 삼강오륜三綱五倫
붙들어 세우려 안간힘 쓰고 있다.

기린봉 올라서면

고샅마다 한 자락
토박이 모락 연기
풍남문豊南門 지붕 위에 걸쳐있다.

한벽당 돌아치는 여울
남천南川을 에둘러
서천西川에서 가리내로 아우른다.

고스락山頂 너머
떠오르는 보름달
쪽구름로 저편 저녁놀 자욱하다.

아득한 마한馬韓
솔솔이 퍼지는 향기
천년의 고도古都,

청룡이 완연蜿蜒하고
백호가 준거蹲踞하니
주작朱雀도 다소곳이 날개를 편다.

※쪽구름로 : 전주시 가로명街路名.
※가리내 : 전주천 한 부분의 이름.

71

완산칠봉

일곱 선녀가
전주천全州川에 내려와
달밤에 미역을 감다가
벗어놓은 나대羅帶 모조리 잃었다.

사방을 찾아봐도
사라진 옷자락
훔쳐 간 남정男丁네는
온 데 간 데가 없었다.

발가벗은 몸매
세상에 드러나
하 수줍고 부끄러워
한 손으로 가린 채,

갈 수 없는 하늘 향해
구원의 아우성
일곱 선녀
한 손 들어 흔들며 머리 들고 서 있다.

전주 콩나물

전주 콩나물은
○국도 멋이 있다.

씹을수록
감칠맛 더욱 ○○○

무침에, 국에, 비빔에
나긋나긋 풍류도 넘친다.

낮은음자리에
못 갖춘마디로,

전주 콩나물은
합창도 기꺼이 참 잘한다.

전주의 맛

선書院 너머 봄 미나리
연하게 씹혀
입안 가득 풋향기 퍼진다.

쥐 눈이 콩나물국
아삭아삭
씹히는 그 맛,

노란 황포묵
재래 간장 찍어
목 넘어가는 맛 나긋해라.

매콤한 고들빼기김치
혀끝 감도는
담백한 그 향,

온고을 아니고선
쓸달한 감칠맛
그 어디서 맛볼 수 있으랴.

전주의 멋

합죽선合竹扇에 펼쳐지는
송하松下 월령도月影圖
모시 적삼 안 입어도 시원하다.

휘영청 달빛 은은한데
구부러진 소나무 그림자 아래
시냇물 구불구불 잘도 흐른다.

냇돌에 튕기며
부서지는 물보라
시원한 저 물소리.....

달빛 그늘 아래
바둑판 가운데 놓고
세월 낚는 두 신선의 여유餘裕,

합죽선 펴고 접는 손마디에
온고을 천년의 운취韻趣
백공작 훨훨 나래 펴는 맵시다.

전주의 흥

오목대梧木臺 위에서
띄워 올리는 방패연防牌鳶
산성山城 하늘에 도리질 친다.

높이 떠오른 그 옆에
가오리연 꼬리 늘여
흔들거리며 나풀나풀 춤을 춘다.

남천南川 둔치 걸립패 굿 마당엔
전라도 한 서린 사투리
육자배기 한가락 자지러진다.

중 몰이, 잦은몰이
휘몰이, 중중몰이
소리판 이어지는 애절함에,

걸립패 상모 돌림 휘몰아쳐
춤판의 신명 난 곱 사위
전주천 냇물 위에 철철 넘친다.

전주의 향

비단부채 앞뒤 바탕에
둥그렇게 꼬리 무는
삼색 태극문양太極紋樣 고와라.

빨강
노랑
파란색의 조화調和 향기.

천天
인人
지地의 오묘한 극치!

전주성 풍남문
고사동高士洞 북문
여의동如意洞 호남 제일 문 너머,

온고을 향기 도랑
시방十方에 두루두루
한벽청연寒碧晴煙 물안개 자욱이 퍼진다.

전주의 혼

경각산이
고덕산, 남고산, 곤지산,
천잠산, 황방산으로 좌청룡 장엄하니,

만덕산에서
승암산, 기린봉, 도당산,
도천봉, 건지산으로 우백호 겸양하다.

막은 댐 밑 실개천
구이호, 우림천, 삼천, 서신천
전주천에 한줄기로 합수合水하니,

슬치재 도랑물
상관천, 진북천, 솔내를 돌아
만경강 한내로 출렁이며 흘러간다.

가련산可連山은 전주성全州城 주작朱雀
숫공작 날개를 활짝 펴
승풍昇風하는 품새,

층층이 합창, 골골이 합류
하늘 땅 메아리 음양 조화
전주 기품氣稟 보살피며 올곧이 세운다.

전주의 불빛

완산 칠봉 정자亭子에 올라
전주의 야경夜景을 바라보라.

사방팔방 빙 둘러
팔색 빛무리 황홀하게 출렁인다.

반짝 무늬 색동 춤
얼쑤 절수 잘도 춘다.

무수한 꽃나비의
생동生動하는 외출,

저것이 전주의 숨결
온고을 꿈이고 맥박이다.

※꽃나비 : 빛 무동의 다른 말

■[시와 숲길 공원] 안에 있는 저자의 시비

제3부

마라도 바람

섬진강 맑은 물

구름 한 점 없는
가을 하늘 깊이보다
훨씬 더 짙푸르다.

산자락 단풍잎들
물그림자 흔들며
살랑살랑 춤을 춘다.

유연한 물 구비
휘감아 비추는
하 맑은 명경明鏡.....

다압多鴨 매화길
송림松林 백사장
싸안아 품고 유유히 흐른다.

구례求禮 꽃길

화엄사華嚴寺 나들목에서
섬진강 둑길 따라
먼 쌍계사雙溪寺까지
벚꽃 눈발 희뿌옇게 날리데.

다시 돌아 곡성谷城까지
강줄기 거스르면
팔랑팔랑 나부끼며
길 위에 소복이 꽃눈이 쌓이데.

내려 쌓이는 꽃눈 위를
바람이 다붓이 치불어
꽃눈인지, 꽃비인지
꽃물결이 하늘 땅에 가득하데.

지리산 남악南岳 강변
아름다운 구례 곡성
동화 속 꿈길처럼
꽃눈 꽃비의 꽃길이 펼쳐지데.

목월 빵집

구례求禮에 갔다가
목월 빵집을 알게 되었네.

빵집 이름이 똑같아서
목월木月 시인이 생각났네.

목월 시인의 시만큼이나
그 집 빵 좋아하는 사람들 많아,

〈길은 외줄기
남도 삼 백리....〉 읊조리며,

빵 세 개 사는데
줄 서서 삼십 분 넘게 기다렸네.

목월 시를 닮은 듯
그 집 빵 한결 맛이 좋았네.

가을길 억새꽃

넌 어쩌면 그렇게도
키 큰 나그네 가슴 속을
사정없이 마구 흔들어 놓느냐?

하얀 머리 늙은 나이
도투락 꽂아 얹고
가녀린 허리춤 낭창낭창 추어대며,

서로 많이 봐 달라 깨금발 딛고
앞서거니 뒤서거니 아우성
흰 장갑 손 마구 흔들어 대는구나.

외길에 뒤엉켜 나란히 도열한 채
어서 오세요. 잘 가세요.
환영 인사 작별 말씀 익히 건네며,

넌 어쩌자고 그렇게도
서글픈 나그네 이별 길을
무작정 후벼내며 파들어만 오느냐?

갈색 무늬

아내와 함께
지리산 노고단
단풍 길을 오른다.

고스락山頂 부근은
잎이 다 떨어져
가지들만 앙상하게 보인다.

중턱 자락은
일곱 살짜리 외손녀의
크레파스 그림이다.

산기슭 저편
선연鮮然히 드러나는
남악南岳의 갈색 무늬,

멀리서 바라본
한국화 한 폭
가까이 이를수록 가슴 벅차다.

월미도 갈매기

드넓은 바다가 고향인
갈매기 떼가
월미도 부둣가에 모여서 산다.

바다에서 먹이 잡던 갈매기들
언제부터인가
바닷고기 잡기를 그만두었다.

부두를 떠나는 여객선에서
사람들이 공중에 던져주는
새우깡 낚아채 먹을 때부터,

비린내 나는 바닷고기 대신
고소하고 바싹한
새우깡 과자 맛에 길들어졌다.

물고기 잡지 않는 갈매기들
바닷새이길 이미 포기한 채
월미도 부둣가만 끼룩끼룩 맴돌고 있다.

강릉 소나무

경포호鏡浦湖의 짙푸름
대관령大關嶺 정기精氣가
가지마다 눈부시게 드러나 있다.

형과 아우처럼 손 맞잡고
솔 빛깔 진하게
윤끼潤氣 좌르르 한껏 뽐낸다.

하슬라 사람들의
고운 마음씨
맵시도 드높이 띄워 받든다.

봄, 여름
가을, 겨울
사열査閱 받는 군단軍團 마냥,

충충이 드리운 푸른 양산洋傘
꼿꼿이 받치고 서서
지나는 나그네에 손 흔들어 배웅한다.

※하슬라 : 강릉의 옛 이름

통일 전망대에서

북녘땅 해금강海金剛이
손아귀에 잡힐 듯
코앞에 가깝다.

팔 펴고 선 채로
바다 위에 드리운 그림자
하늘 닿도록 수려하다.

산과 바다
땅과 하늘
용융鎔融히 하나가 된다.

떠도는 하얀 구름
바다 위의 작은 새도
남북을 오가는데,

아. 우린
눈앞의 산하山河
언제쯤 뜻대로 오갈 수 있으랴.

독도의 안녕

인천 공항발
아오모리青森행 기내機內 화면에
울릉도 독도 근해가 투영投影된다.

검푸른 바다 위를 지나며
차 한 잔 마시면서
독도의 감회에 새삼 젖는다.

독도나, 댜오이댜이의
왜지倭侲들 영유권 주장은
턱없는 망발, 오만의 극치,

역사적 사실은 그만두고
본토와의 거리만으로도
군국軍國 망령은 수장水葬되거라.

저들이 생떼 쓰며 부정해도
독도는 대한민국 본디의 영토
우뚝이 늠름히 곧게 서 있어라.

여수항 불꽃

여수항은
치솟는 화려한 불꽃이다.
바다를 갈고 일구는 치열한 삶들이
오동도 빨간 동백 꽃송이로 피어나
하늘 높이 헹가래 치며 열광하는 함성이다.

드넓은 바다 휘저으며 생선을 잡아
만선滿船으로 귀항하는
바닷사람들의 구릿빛 몰골이
밤하늘 저 높은 은하까지
보람으로 치솟는 결기決起의 나래다.

서西시장 부둣가 비릿한 비린내
동백꽃 빨간 향에 어우러져
봉화산 맑은 정기精氣로
토착의 얼이 되고 씨알 되어
아름다운 여수항 꽃다운 노래로 퍼진다.

여수항은
폭발하며 응집하는 불꽃이다.
가파른 파도와 맞닥뜨릴 때도
오늘의 인내, 내일의 꿈 키우며
거친 바달 항진航進하는 합창의 메아리다.

여수항 여의주

장군將軍 섬은
왜적倭敵을 제승制勝하는 눈망울
내항內港에 잠자코 있어도
여수항의 심장 뜨거운 고동이다.

전라좌수영 진남관 대들보가
전화戰火의 굉음轟音에 흔들려도
차분한 섬은
충무공忠武公의 의연한 기상氣像이다.

왜구倭寇의 물살이 치닫고
물안개 자욱이 가려도
여수항의 무한한 잠재력
겨레의 기백氣魄을 드높이 세운다.

오백여 년 맞서온 격랑激浪
강인强靭한
충무공 얼을 품은
골똘한 구국救國의 얼굴,

장군 섬은
비구름 일으키며 승천昇天하는
여수항의 용틀임,
용이 날며 부리는 조화造化의 여의주如意珠다.

여수항 밤바다

자산공원에 올라
여수항 밤바다를 열어젖히고
감춰진 비경祕境의 참맛을 맞아보자.

항구와 바다가 하나로 어우러진
색동의 꽃불
잔잔한 바다 위에 왈츠를 추는데,

들고나는 배들의
흔들리는 불빛
수채화 여수항에 색칠을 더한다.

여수의 모두가 한뜻으로 결집된
엑스포 공간의
장엄한 파노라마.

여수항 밤바다는
자연과 인공人工의 절묘한 하모니
해상낙원 절경의 황홀경怳惚境을 맛보자.

그리운 여수항

여수항 바다는 살아서 펄떡인다.
물비늘 살갑게
지느러미 세우고 꼬리를 친다.

금오도 앞바다
거문도 먼바다
어린진 물줄기 너울 끌며 가른다.

펄럭이는 높새바람
파랑을 일렁이며
고기 떼 몰아오는 수평의 윤슬,

청정한 남쪽 바다 마음껏 휘젓다가
부둣가 수조水槽 안에 잡혀 온 활어들
여수항 신선회膾에 감칠맛 탕燙이 된다.

아름다운 바다의 세계 으뜸
아늑하고 포근한 여수항
따뜻한 인정 정겨운 풍취 어이 잊히랴.

꿈꾸는 오동도

오동도梧桐島는 여수의 보배
나라의 보물
겨레의 자랑이다.

온갖 섬들이 바다로 떠날 때도
오동도는 여수를 가까이 품에 안고
끝끝내 항구를 등 돌리지 않았다.

빨간 동백꽃 흐드러지고
시누대 잎사귀 서걱댈 때마다
흥얼흥얼 콧노래로 마음 아림 사렸다.

드센 바람이 치고
거친 파도 밀어쳐도
억만년 수줍은 처녀 맵시 그대로,

여수의 자랑 오동도는
세상의 보배
아름다운 여수항 꿈꾸는 불사조不死鳥다.

여수항 쌍무지개

돌산대교는
하늘의 스카이웨이
바다를 일궈내는 여수항 깃발이다.

오랜 가뭄 끝에
분출하는 분수이듯
솟구쳐 뻗쳐진 덩그런 구름다리.

돌산공원에서 자산공원
바다 윌 가로질러 오가는
케이블카와 더불어,

여수반도와 돌산도가
두 손 맞잡아 아우르며
하나로 승화昇華하는 빛무리.

거북선대교는
바다 위의 스카이웨이
여수항에 높이 뜬 결 고운 쌍무지개다.

백도白島의 후광後光

사방을 둘러봐도
검푸른 물결
달무리 사라지고 먼동이 튼다.

망망한 바다 한가운데
깎아지른 벼랑 바위 섬
사람의 범접犯接을 손사래 친다.

자욱한 물안개 제치며
드러내는 주상절리柱狀節理
무한無限 감탄의 질박質朴한 풍치......

출렁이는 너울 가락
넘실대는 춤사위
섬 위로 번지는 윤슬의 후광後光,

여수의 청정淸淨 바다가 빚어놓은
생동하는 만물상
오, 자맥질치는 태고太古의 장관이여!

거문도巨文島 등대

거문도 등대는
하늘이 높다는 걸
저렇듯 진즉
알고 있었나 보다.

코발트 빛깔 바다 언덕 위에
빨갛고 하얀 외벽外壁
높다랗게 펼친 사다리로
푸른 하늘에 맞닿아 섰다.

쉼 없이 치부는 된새
어둠 속 세찬 물결
거친 눈보라, 가린 밤안개를
품에 안고 넉넉히 다스리며,

건져내는 싱싱한 바다의 소출所出
어랑성 가래야, 어랑성 가래야,
썰소리, 가래소리
뱃일의 힘 듦을 목청껏 재운다.

까마득히 아스라한 수평선
대양大洋의 허리를 굽어보며
드높은 거문도의 기상氣像
높이 멀리 우뚝이 머리 들고 서 있다.

섬섬島島 여수麗水

여수항 앞바다 크고 작은 섬들은
여인의 가냘픈 손끝이 튕기는
가야금 산조散調가 나붓대는 매무새다.

올망졸망 오밀조밀
높고 낮고 길고 짧은 가락을
다정한 자매姉妹로서 오손도손 타다가,

가을 하늘 쪽빛 바다 더불어
끼리끼리 손을 이어
강강수월래 동그랗게 추스른다.

섬섬纖纖 옥수玉手 보다
더 아리따운
섬들의 비경祕境 여수 앞바다,

한려수도 다도해 수만 년 신비를
아늑하게 끌어안은 이상향理想鄕
섬섬島島 여수麗水에 살어리랏다.

여수항 해도海圖

동트는 새벽빛에 불타는 한려수도
저녁놀에 붉게 젖는 다도해가
참한 씨앗들만 여수로 끌어들였다.

큰바다 일구고픈 불타는 가슴들
간절한 갈망의 눈빛끼리
섬과 섬 사이에 바닷길을 닦아,

하늘과 바다가 맞닿은
태평양 활짝 편 여수항
세계를 누비는 해양의 굴대로 매었다.

아늑한 병풍에 안긴 도시와 섬
쪽빛 물결 고이 안아 품은
최고의 명품 항 아름다운 여수,

망망대해에 어둠 내리고 풍랑 몰아쳐
이물 고물이 엎치고 덮쳐도
여수항 바닷길은 무한대로 열려있다.

지세포항

한 폭의
커다란 서양화다.

항구와 산 바다에
파랗게 쏟아지는 햇볕,

자연과 문명의 앙상블
평화가 농익고 있다.

하늘 바다 언덕 위
입체물立體物의 절묘한 풍광風光,

지세포는 천연색
숨 쉬는 만화경萬華鏡이다.

※지세포 : 경남 거제도 남단의 한 항구.

바람의 언덕에서

날개 치는 바람들이
두 눈을 가린 채
서로 술래잡기를 하고 있다.

거칠게 치부는 뫼이에도
돌지 않는 풍차 하나
푸른 초원 위에 덩그마니 서 있다.

동백나무 비탈길
통나무 계단 위로
뭇 발들 바람처럼 오르내린다.

드넓은 바다를 건너
언덕에 올라 마음껏 휘도는
바람들의 희열嘉悅,

떠도는 뜬구름
하늘 나그네
기다란 햇볕 속에 감돌고 있다.

※바람의 언덕 : 경남 거제시 남부면에 위치한 명소.

102

섬 · 26

죽어서 나는
깊은 바다 한가운데
작은 섬이 되고 싶다.

섬 가에 깨금발 딛고
서귀포 해안
외돌개로 서 있고 싶다.

날에 달마다
거센 파도 몰려와
할퀴고 깎이어도,

수평선 저 너머
그리운 뭍을
사모하는 작은 섬.

하 많은 세월 뒤척이며
처절한 고독
토라 앉아 곱씹는 섬이고 싶다.

섬 · 27

바다 위의 외딴 섬은
한없는 그리움
기다림의 샘이다.

애절한 사연
솔솔 솟아나
흠뻑 젖은 명상瞑想처럼,

바람의 너울 속에
천 길 깊게 떨어진
외로움의 그늘이다.

끼룩끼룩
울부짖는
목쉰 갈매기로,

먼 허공 휘저으며
홀로 앉아 기다리는
그리움에 지친 동경憧憬의 영혼이다.

섬 밖의 섬

나는 섬 바깥에
홀로 비켜 서 있는
외딴 섬이다.

거친 바다를 헤엄쳐 간
다도해多島海 섬에도
나는 기꺼이 끼지 못했다.

숨 가삐 쫓아가도
따라잡지 못하고
떨어져 따로 헐떡이는 섬.....

치솟는 물결
윤회輪廻의 소용돌이
울퉁불퉁 드러난 몰골,

섬 밖의 섬으로
누구도 안아주지 않는
절대 고독의 벼랑 끝 절벽이다.

아랑(알앙) 조은 길

서귀포 시내엔
'아랑 조은 길'이 있어
나그네 마음을 들뜨게 한다.

알아서 좋은 길의
탐라 사투리
'아랑(알앙) 조은 길',

알아서 좋은 길은
모르면
손해나는 길이란다.

푸줏간에 밀감가게
활어와 건어물
먹거리가 풍성한,

서귀포 부둣가
아랑(알앙) 조은 길
낯선 나그네의 마음 훔친다.

성산포 일출봉日出峯

광치기 해변에서
바라다보는 일출봉
귀인이 쓰는 사모紗帽이다.

아침 햇살 물비늘
창세기처럼 열리며
찬연히 아름답다.

성난 무소 한 마리
머리 뿔 치켜세워
거친 바다에 힘껏 저항한다.

광치기 해안선
반달 모래톱
자생自生 문주란 받쳐 들고,

건너편 종달리
지미오름 옥녀玉女를
꼬드기며 서 있는 천하장사다.

※광치기 : 성산포 일출봉이 가까이 마주 뵈는 해변 이름.
※종달리 : 제주의 한 리명里名.
※지미地尾오름 : 종달리의 산 이름.

섬 속의 섬

섬 속의 섬
제주도 우도牛島는
하얀 해가 떠서 파란 해로 진다.

추스르는 너울
올라타는 햇살
피아노 건반 위 손가락이다.

산호 가루 흰 모래
검멀레 화산재
억만년 세월에 농서려 있다.

옆으로 길게 누운
쇠머리오름 위에
하얗고 빨간 등대를 이고,

쪽빛 바다 빛깔
성산포 우도는
어미 소 긴 울음 윤슬에 띄운다.

※쇠머리오름 : 우도의 산 이름.
※검멀레 : 검은 모래의 토속어.

마라도 바람

서귀포시 대정읍 마라로 101번 길
바람들이 진을 치고
섬 위에 살고 있다.

군락群落 이루며 자생自生하는
납작 엎드린 백년초
목숨만 겨우 부지하고 있다.

검게 얽은 곰보 바위 등 타고
'大韓民國 最南端'비 하나
국토國土를 지키며 외로이 서 있다.

북위 33°06´ 동경 126°16´의
자그마한
오석烏石 좌표座標를 떠밀며,

왜 이제 왔느냐? 고
사정없이 나무라며
마라도 바람이 날 잡아 흔든다.

땅끝마을

땅끝마을에 와서
육지와 바다의
경계經界를 둘러 본다.

둥둥 떠 있는
바다의 섬들엔
산들이 우뚝 서 있다.

토말土末의 지표
땅끝 탑이
묵묵히 맞아 준다.

땅끝은 뭍의
종단終端일 수도
발단發端일 수도 있거니,

땅끝은 바다의 시작
바다 끝은 뭍의 시작
새봄이 상륙하는 지름길이다.

제 4 부
꽃들의 경연

아침

아침은 항상
뭔가 손에 잡힐 듯
설레임 두려움 반반이다.

한 살이 끈끈하게
찾다가 쥐려다가
허망하게 놓친 것___

가쁜 호흡 내쉬며
이루려 안간힘 쓴
필생의 갈망渴望,

보일 듯 뵈지 않고
잡힐 듯 잡히지 않아
놓치고 살아온 것.

아침은 필시
뭔가 이뤄질 듯한
기대에 부풀어 내민 손이다.

복수초 꽃

샛노란 꽃송이
입춘보다 먼저 와
산속에 환하게 웃고 있다.

빗살 무늬 아침
쌓인 눈 제치며
수줍은 가슴 활짝 열었다.

남보다 앞서는
고난의 가시밭
숱한 아픔을 견디며,

산자락 찬바람에
샛노란 꿈을 피워
봄 알림 나팔소리 널리 멀리 퍼진다.

입춘 서경抒景

눈 내린 아파트
창밖으로
납처럼 무거운 겨울을 내다 본다.

손을 잡고 서 있는
나뭇가지 사이로
휘저으며 찬바람 스치고 있다.

저만큼 내려다뵈는 하늘
음산한 계절이
텅 빈 허공을 덩그마니 지킨다.

어둡게 뚫린
엄동嚴冬의 긴 터널 넘어
가려 드는 한 줌 햇살,

여린 하늘 사이
투명하게
성큼성큼 기어오고 있다.

꽃들의 경연競演

우수雨水가 지나자
하얀 눈발 제치고
매화가 피어났다.

매화 향기 바람에
산수유꽃
눈 비비며 질세라 피고 있다.

산수유 노란 향에
백목련도
깨금발 딛고 일어선다.

개나리꽃
민들레꽃
진달래꽃,

나도 꽃이다.
나도 꽃이다.
제자랑 뽐내며 화들짝 피고 있다.

오월

느티나무 잎사귀
진한 윤끼潤氣가
아침 햇살에 반짝인다.

이슬 먹은 바람
살며시 다가와
촉촉한 귓속말 속삭인다.

초록빛 짙은
보리밭 사이로
이랑 따라 밀려드는 풋내움....

풋풋한 메아리
맑디맑은 싱그러움
땅 하늘 온통 푸름으로 넘친다.

불장난

불장난, 불장난이다.
연기 나는 불장난이다.

쥐불놀이
달집 불처럼,

가슴 속 깊이에서
치며 오르는 불.

타다 만 들불같이
새까만 재만 남는,

불장난, 불장난이다.
가슴만 태우는 불장난이다.

숨은 꽃

숨어서
몰래 피운 담배 맛
슬며시 떠오를 때가 있지.

독에서 퍼마신 술맛
뉘 볼까 두려웠던
짜릿함도 잊을 수 없지.

향기 짙은
장미 한 송이 얻으려고
젊음의 터널 속도 헤매었지.

세상 밖 드러내며
피는 꽃만
꽃이라 할 수 있으랴.

숲 덩굴 그늘 밑에
띄지 않게 핀 꽃
그 송이 향기 그리울 때도 있지.

등꽃 회상回想

받침틀 감고서 뻗어간
등나무 줄기마다
등꽃이 주렁주렁 매달렸다.

창밖에 내 건 등불 마냥
활짝 핀 등꽃 밑 벤치에
옛날처럼 살짝 앉아 본다.

지그시 눈을 감으니
항구의 불빛들 떠오르고
밤하늘 별빛도 영롱하다.

등나무 줄기 사이로
달빛이 어리고
이슬 바람 스치는데,

그처럼 스쳐 간 세월이
등꽃 위에 겹쳐
벌 되고 나비 되어 훨훨 날은다.

별 바라기

밤하늘의 별
바라볼 수 있는 일
없을 것이라 믿었는데,

무수한 별빛
마음껏
쳐다볼 수 있는 일 있겠네.

반짝이는 밤하늘
고개 들어
가슴팍 풀고 서서,

쏟아지는 별빛
맘속 가득
담아둘 수 있었으면 좋겠네.

바닷가에서

땅끝에서 바라다보는
잔잔한 바다는
언제 봐도 마음이 후련하다.

환하게 펼쳐진
바다의 폭만큼
좁은 아량도 드넓게 펴진다.

질투와 분노
갈등이며 아집
모두가 썰물에 실려 떠나간다.

이승의 근심 걱정
높낮이 계단 없는
광활한 대문이 활짝 열려,

하늘 바다 맞닿은
수평선 뭉게구름
때 찌든 내 영혼 맑게 띄워 올린다.

꽃잎 차 花葉茶

꽃잎 차 달여 마시면
주름진 얼굴에서도
환한 꽃들이 솟아난다.

꽃향기 퍼지며
벌 나비 날아와
품속에 날개 접어 앉는다.

잡다한 세상사
어지러운 두통
근심 걱정도 사라진다.

꽃잎 차 달여 마시면
향기로운 꽃송이
가슴 속에 다복다복 핀다.

눈발 서정抒情

창밖에 흩날리며 내리는
하얀 눈발을
무심코 바라다본다.

눈들은 아파트 마당
푸른 소나무 가지에도
하얗게 자지러지고 있다.

순백純白의 추상抽象
삶의 무게 짓누르며
하염없이 내려서 수북이 쌓인다.

새해 소망

새해 첫새벽 우리 모두 정동진正東津에 모여
떠오르는 동해의 커다란 해를 향해
두 손 모아 환희의 한마음 되듯,

수평선 위에 찬란히 출렁이는
빛 무동 광명천지
모두를 해처럼 하나 되게 하소서.

가난과 질병
고통과 절망
갈등과 전쟁의 그늘을 지우고,

가정마다 화목 넘쳐
사회 두루 화합하며
나라와 세계가 하나로 융화되어,

새해엔 모두에게 건강과 형통亨通
온 누리 평화 골고루 햇살
태평천하 풍악 소리 넘쳐나게 하소서.

※ [향기로운 삶] 2016년 신년호 연두시

날아라. 봉황이여! 훨훨
−원광대학교 70주년 시

봉황이여! 날아라.
날개를 활짝 펴고
마음껏 하늘 높이 날아올라라.

칠십 해를 품고 가꾼 뜻
저 하늘 박차고
훨훨, 훨훨 드날려라.

서기瑞氣 어린
『知德兼修
道義實踐』교훈 새기며,

칠십 마리의 봉황鳳凰
한 무리 지어
날아오르는 장관壯觀!

백 마리, 천 마리
만 마리 넘도록 영원히
날아올라라. 봉황이여! 높이 높이 훨훨.

황금돼지 꿈

새해에는
우리 모두 뚜렷이
황금돼지 꿈을 꾸자.

꿀꿀대는 어미돼지
열두 마리 새끼들이
내 품속으로 안겨드는 꿈,

꿈을 꾼 다음 날 아침
복권을 한 장씩 사서
각자 바로 일등에 당첨되자.

허리 가로막힌 한반도
남과 북, 북과 남
하나 되는 날도 함께 와서,

덩더꿍 덩더꿍
얼싸 절싸!
에헤야 데에야.

고달픈 살림 풍요해지고
가정마다 화평한
엄지 척 검지 척의 해를 누리자.

※[향기로운 삶] 2019년 신년호 연두시

솟대

높게 서 있는 솟대를 보면
하늘 끝까지
맘껏 날아 가보고 싶다.

저 높은 곳을 향한
설레는 출렁거림
무한한 그리움....

창공의 끝까지
날아 가보고픈
간절한 여망興望.

하늘 땅 오가는
소망의
아득한 계시啓示.

높이 선 솟대를 보면
피안彼岸의 이 저쪽 오가는
대망待望의 가교假橋로 날아보고 싶다.

장승

관모冠帽에 긴 수염
하얀 이빨 드러낸
천하대장군天下大將軍.

머리에 수건 쓰고
커다란 비녀 꽂은
지하여장군地下女將軍.

고을 앞 들머리
나란히 서서
우락부락 큰 눈을 부라린다.

온갖 재앙 물리치고
건강, 풍년, 화평
끌어들이는 내외內外,

비가 오고 눈이 와도
오직 고을의 안락
장군 부부 무섭게 치켜보고 섰다.

바다는

바다는
깊고 드넓은
어머니의 가슴.

수평선은
사랑이 넘치는
어머니의 마음.

밀려오는 파도는
끊임없는
어머니의 성원.

수평선 위의
꽃구름
어머니의 큰 소망.

바다는
아. 바다는
어머니, 우리 어머니.

촛불의 눈물

세상을 밝히는 촛불은
들어야 할 사람만
들어올려야 한다.

아무리 말하지 못하는
촛불일지라도
욕되게 해서는 안 된다.

새까만 마음의
검은 손들이
서초동에서 나날이 요란하다.

촛불은 심지心志를 세우고
자신을 태워서
어둠을 물리치는 빛이려니,

이 밝은 세상
거꾸로 몰아가는
저 검은 손들은 촛불 들 자격이 없다.

※2019년 서초동에 몰린 촛불 집단은 검은 손으로밖엔 보이지
  않았다.

하얀 까마귀

고양이에게
생선을 맡긴 꼴
옛 속담 틀림이 없다.

겉에만 하얗게 분장한
속은 온통
아주 새까만 까마귀다.

개혁이라는
허울 뒤집어쓴
정점頂點 권력의 폭압.

국민을 위해서라는
그럴싸한 발림으로
공정을 깡그리 짓뭉개는 독재,

살아있는 권력도
철저히 단죄하라던 그 말
포장된 한낱 허구였단 말이냐?!

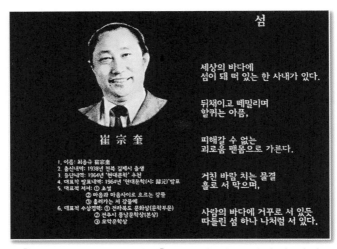

섬

세상의 바다에
섬이 돼 떠 있는 한 사내가 있다.

뒤채이고 떼밀리며
할퀴는 아픔,

피해갈 수 없는
괴로움 맨몸으로 가른다.

거친 바람 치는 물결
홀로 서 막으며,

사람의 바다에 거꾸로 서 있듯
따돌린 섬 하나 나처럼 서 있다.

崔宗奎

1. 이름: 최종규 崔宗奎
2. 출신내역: 1938년 전북 김제시 출생
3. 등단내역: 1964년 '현대문학' 추천
4. 대표작 발표내역: 1964년 '현대문학(시: 歸元)'발표
5. 대표적 저서: ① 초설
　　　　　　　② 마음과 마음사이로 흐르는 강물
　　　　　　　③ 흘러가는 저 강물에
6. 대표적 수상경력: ① 전라북도 문화상(문학부문)
　　　　　　　　② 전주시 풍남문학상(본상)
　　　　　　　　③ 모악문학상

■[현대 시인기념 문학관] 입구에 있는 저자의 시비

시인의 시간과 시의 본연

최 은 하
(시인: 前 한국현대시인협회장)

1. 들어가며

시집을 간행한다는 것은 그 시간, 그 찰나를 놓치지 않고 잡아 숨을 쉬며 산다는 것, 그것은 역력한 자신의 발현이며 엄연한 자존의 현실적 증좌라 할 것이다. 누군가 옆에서 상대적으로 자기를 무어라고 말한다고 하여도 그건 어디까지나 그 편에서 토설하는 그 분의 양상일 뿐, 합당(?)한 증좌일 수는 아니라고 보아진다.

이에 시간이라는 문제를 야기해 볼만한 과제가 제기된다. 한마디로 시간이 흘러간다든지, 세월은 돌아오지 않는다든지, 하는 문제는 지극히 편협된 관념일 따름이지 않겠는가 하는 것이다. 시인에게 있어서 오늘의 시방을 붙잡아 둘 수 있는 방안이라면 그것은 시를 쓰고 발표하는 것이라 말할 수가 있을 것이다. 감격의 시간은 언제나 시간을 초월

하여 그때마다 거기 그대로 엄존한다는 진리이다. 오늘날 명시라든지, 고전으로 남아있는 작품들을 보고 거기에서 감동을 받는다는 것은 그 답안이 되리라 본다.

시는 곧 흘러가 버린다든지, 잊혀지고 만다든지, 하는 문제가 아니고 오직 진실의 영험이며 하나의 속 깊은 감동을 어디에 저버린다든지, 쉽게 외면해 버리는 것이 아니고 언제나 크나큰 감동의 진행적일 수 있기 때문이다.

여기 잠깐 최종규 시인의 서문 첫머리 부분을 인용해 보도록 하자. "제9 시집 [섬. 25] 출간 이후 8년, 105편의 시를 한데 묶어 제10 시집을 세상에 내보낸다. 등단 후, 56년 동안 열 번째 시집이니 6년에 한 권씩의 시집을 낸 셈이다. 이 시집의 백 편이라는 시는 남들이 보기엔 하찮은 수이지만 과작寡作인 내게는 이도 꽤 벅찬 수치이다. 까닭에 한편으론 마음이 흐뭇하기도 하다. 흐뭇하다는 이 뜻은 내가 살아오면서 목표로 삼았던 열권의 시집을 팔십 중반의 나이에 비로소 출판하게 되었다는 의미가 있기 때문이다."
지금 최종규 시인은 흐뭇하다고 토로하지만 그 보다는 어디에 내놓아도 의미심장이라는 말이 더욱 명확하고 적격이라고 본다.

호림湖林 최종규(본명:洪基) 시인은 전북 김제군 용지면 출생으로 원광대학교 국문학과를 졸업하고 1962년~1964년에 『現代文學』지에서 신 석초(申 石艸)선생의 추천으로 등단하여 제1시집 「초설初雪」을 비롯하여 「세월」, 「밀물 썰물」, 「회색 우상」, 「장안산 억새꽃」, 「마음과 마음 사이로 흐르는 강물」, 「엄뫼母岳에 내리는 하늘」, 「흘러가는 저 강물에」, 「섬, 25」 등의 시집을 이미 간행한 바 있다.

2. 감동을 위한 세상살이

일찍이 T.S 엘리엇은 "시의 목적이 전달을 전제한 말씀이라"고 갈파하였다. 여기 전달을 전제한 말씀이란 "감동을 일컬음"이라 하겠다. 물론 그 감동은 온전한 격格을 갖춘 동력이라 하겠고 우리는 그 동력 안에서 눈과 귀를 깊이 열고 하루하루를 지내가는 것이 바른 세상살이가 아닌가 싶다.

그저 아무렇게나 떠오르는 대로, 느껴지는 대로, 잡히는 대로 생각하고 살아간다는 삶이 참삶일 수 없고 모양새가 모양일 수 없는 허무 그대로의 시공이 아닐 수 없으렸다.

그런데 여기 우리에게 하나의 의미와 무게가 있는 최종규 시인의 경구적 작품을 한편 들어 보도록 하자.

사랑한다는 것은
호수에 어리는 나무 그림자
힘껏 움켜쥐는 일이다.

하늘 땅의 뜨락
꽃나무 이파리에 맺힌
이슬 한 떨기 손에 쥐는 일이다.

싹을 틔우고
잎새 펼치며
꽃 피워 열매 익히는 섭리

서로 다른 불협화음不協和音
화음으로 아우르고픈
간절한 열망

사랑한다는 것은
좌우左右를 오가는 두 영혼
가운데에 멈추지 못하는 시계추이다.

「사랑한다는 것은」 전문

몇 번이고 읽어보아도 그리고 생각에 간추려 남겨오는 것은 이승의 삶에 관한 화두일 따름이다. 그것은 엄숙하고 정신을 가다듬게 하고 자아를 바로 바라보게 하며 진정이게 한다.

그러니까 나무 그림자 움켜쥐는 일이나 이슬 한 떨기 손에 쥐는 일이 세상 그냥 쉽게 사는 일이라 치면 애오라지 화음和音으로 아우르고픈 열망을 향하여 올바르게 가다듬는 일로 드높이는 은유가 아닐까 싶다. 그건 아무렇게나 쉬운 일상이 아님을 알고도 남음이 있을 것이다.

그리고 여기 더하여 또 하나의 작품에서는 사랑의 방법과 원망까지를 일러주는 데에서 어느 경지까지를 감탄이게 한다.

사랑하라.
모두를 아끼며 사랑하라.
경멸과 시기와 증오
용서하고 사랑하라.

사랑하라.
자신을 누르고 사랑하라.
티끌 하나 남김없이
공손하게 순수히 사랑하라.

사랑하라.
소중히 어루만져
꽃 피고 열매 익을 때까지
보살피고 다독이며 사랑하라.

사랑하라.
보람의 향기 돌아서
결국은
자신에게 돌아오리니,

사랑하라.
용서의 끈을 풀어
독선의 고집 질투
울분을 풀며 화해하고 사랑하라.

「사랑의 길」 전문

공손하고 순수히 꽃 피고 열매가 익을 때까지 기다리며 보살피고 다독이며 용서와 독선 갈등 질투 울분 따위를 샅샅이 찾아 풀어버리고 화해하라고 다그친다. 이 얼마나 철두철미한 권고요, 깨우침인가.

그와 같은 공식이면 그 어떤 설명 같은 게 필요 없이 언젠가 보람의 향기는 결국 자신에게 틀림없이 돌아온다고 이른다.

3. 전주 고을의 향훈과 불빛

누구나 자기가 태어나고 자라서 사는 고을을 찬양하지 않는 이는 없겠지만 이번 최종규의 시집에서는 그 취향이 유난히 하나하나가 특별히 가슴을 뭉클하게 쳐오는 게 그대로 격정이게만 한다.

비단부채 앞뒤 바탕에
둥그렇게 꼬리 무는
태극문양太極文樣 고와라.

빨강
노랑
파란색의 조화 향기

천天
인人
지地의 오묘한 극치.

전주성 풍남문
고사동高士洞 북문
여의동如意洞 호남 제일 문 너머,

온 고을 향기 도랑
시방十方에 두루두루
한벽청연寒碧晴煙 물안개 자욱이 퍼진다.
「전주의 향」 전문

한마디로 절창이다. 전주 상징이다 싶은 부채의 문양과
향기, 그리고 거기다가 하늘 사람 땅의 오묘한 어울림의 극
치. 그리고 풍남문, 북문, 호남 제일문, 이에 무얼 더하고
찬양할 게 남았으랴. 흔쾌하고 여유롭기만 하다.

그리고 이번 시집의 제호인「전주의 불빛」에서는 사계를
비롯하여 환한 대낮의 전주 풍물과 인심까지를 넘치게 상
징적으로 내세우는 정경이 자못 휘날리는 자랑이요, 전주
의 숨결이요, 선연한 맥박이라고 하는 것이다.

4. 금수강산錦繡江山의 찬탄

예로부터 우리나라를 일컬어 비단에 수를 놓은 듯한 강
산이라 하여 그 아름다움을 드높였다. 이에 무슨 말을 더
붙이고 뺄 수가 있을 것인가. 섬진강 맑은 물, 구례 꽃길,
갈색 무늬, 월미도, 강릉, 통일전망대, 독도, 여수항, 거제
도, 서귀포, 등 무얼 더 헤아리랴.

그중에서도 섬에 대한 최종규의 심산은 종생을 불러서까지 의식을 갈앉혀 유별나다고 밖엔 할 말을 잃는다.

죽어서 나는
깊은 바다 한가운데
작은 섬이 되고 싶다.

섬 가에 깨금발 딛고
서귀포 해안
외돌개로 서 있고 싶다.

날에 날마다
거센 파도 몰려와
할퀴고 깎이어도,

수평선 저 너머
그리운 뭍을
사모하는 작은 섬.

하많은 세월 뒤척이며
처절한 고독
토라 앉아 곱씹는 섬이고 싶다.

「섬 · 26」 전문

여기에 와서 보노라면 최종규 시인의 시적 태도가 조금은 조용히 상승적이고 은유적인 궤도에 서 있는 걸 직시할 수가 있다.

그것은 그대로 최종규 시인 본연의 자세요, 풍모가 아닐까
싶다. 작은 섬, 외돌개, 고독의 섬, 이는 명확히 시인 본연의
분출이요, 토로가 내색되어 나타내 보인다고 하겠다. 이에
어떤 변설이 더 필요하고 무슨 논리가 있어야 할 것인가.

바다 위의 외딴 섬은
한없는 그리움
기다림의 샘이다.

애절한 사연
솔솔 솟아나
흠뻑 젖은 명상처럼,

바람의 너울 속에
천길 깊게 떨어진
외로움의 그늘이다.
끼룩끼룩
울부짖는
목쉰 갈매기로,

먼 허공 휘저으며
홀로 앉아 기다리는
그리움에 지친 동경의 영혼이다.

「섬 · 27」 전문

최종규 시인은 여기에서도 자기 본연의 내색을 은연중에
드러내 보이고 있다. 이는 어디에 감추거나 묻어버릴 수 없

는 시인 자존만이 지녀온 품격의 모두요, 마르지 않는 기다림의 샘이라 하겠다.

그러니까 기다림과 명상과 고독, 영혼의 동경을 거침없이 내어 보인다. 앞으로 이런 유의 천착을 크게 기대해 보기로 한다. 거기엔 응당 분명한 답안이 있으리라.

5. 마치며

상재되는 최종규 시인의 이번 시집에서 내 나름대로 몇 편의 작품을 찾아 감상해 보며 새삼스리 시인의 깊은 속내를 짚어 읽을 수 있었다.

문단에 등단한 지 56년간 그래도 꾸준히 시의 길을 다해 온 데에 대하여 경하하며 끝으로 최종규 시인의 감동적인 시 한 편을 낭송하는 걸로 본고를 마치려 한다.

높게 서 있는 솟대를 보면
하늘 끝까지
맘껏 날아가 보고 싶다.

저 높은 곳을 향한
설레는 출렁거림
무한한 그리움. . .

창공의 끝까지
날아가 보고픈
간절한 여망興望.

하늘 땅 오가는
소망의
아득한 계시啓示,

높이 선 솟대를 보면
피안彼岸의 이 저쪽 오가는
대망待望의 가교假橋로 날아보고 싶다.
「솟대」 전문.

2020. 6. 15
왕십리 우거에서

최종규 열 번째 시집
전주의 불빛

인쇄일| 2020년 11월 20일
발행일| 2020년 11월 30일

지은이| 최종규
발행인| 채명희
발행처| 가온미디어
　　　　　전주시 완산구 충경로 32(중앙동, 2층)
　　　　　Tel_063)274-6226
출판등록| 제2020-000029호
인쇄처| 대흥정판사
　　　　　Tel_063)254-0056

값 15,000원

ISBN 979-11-91226-00-3

* 잘못된 책은 바꿔드립니다.

이 도서의 국립중앙도서관 출판예정도서목록(CIP)은 서지정보유통지원시스템
홈페이지(http://seoji.nl.go.kr)와 국가자료종합목록 구축시스템(http://kolis-
net.nl.go.kr)에서 이용하실 수 있습니다. (CIP제어번호 : CIP2020049334)